Au temps
des démons

AU TEMPS DES DÉMONS

Direction éditoriale : Angèle Delaunois
Édition électronique : Hélène Meunier
Révision linguistique : Marie-Ève Guimont

© 2008 : Camille Bouchard, Annouchka Galouchko,
Stephan Daigle et les Éditions de l'Isatis
Collection KORRIGAN n° 15
Dépôt légal : 1er trimestre 2008
Bibliothèque nationale du Québec
Bibliothèque nationale du Canada
ISBN : 978-2-923234-42-7

Nous remercions le gouvernement du Québec –
Programme de crédit d'impôt pour l'édition de
livres – Gestion SODEC

Nous remercions le Conseil des Arts du Canada de
l'aide accordée à notre programme de publication.

**Catalogage avant publication de Bibliothèque
et Archives Canada**

Bouchard, Camille, 1955-

Au temps des démons : mythe hindou

(Korrigan ; 15)
Pour les jeunes de 10 ans et plus.

ISBN 978-2-923234-42-7

I. Gravel Galouchko, Annouchka, 1960-   . II. Daigle,
Stéphan. III. Titre. IV. Collection : Collection Korrigan ; n° 15.

PS8553.O756A92 2008   jC843'.54   C2008-940062-3
PS9553.O756A92 2008

Camille Bouchard

Au temps des démons

mythe hindou

illustré par Annouchka Galouchko
et Stéphan Daigle

Éditions de l'Isatis

4829, avenue Victoria
Montréal (Québec) H3W 2M9
www.editionsdelisatis.com

Une fiche d'activités à caractère pédagogique a été conçue pour chaque titre de la collection Korrigan.

Ces fiches sont téléchargeables gratuitement depuis les sites
www.erpi.com/DLMbibli

www.editionsdelisatis.com

N.B. : Les mots suivis d'un astérisque sont expliqués dans un lexique, à la fin du volume.

À Myriam et Georges
À Mathilde et Mollie

1

MAHÎSHÂSURA

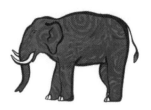

Cela se passait en des temps anciens quand les dieux, les démons et les hommes se côtoyaient. C'était un âge difficile, surtout lorsque les Asuras* déclarèrent la guerre aux Devas*. Les prières des hommes, leurs suppliques, leurs larmes et leurs souffrances ne comptaient ni pour les uns ni pour les autres. L'Univers était l'enjeu de leur querelle et les humains n'en étaient qu'un élément négligeable.

Avant cette guerre, il y avait eu un temps d'harmonie. Mahîshâsura, un puissant prince Asura, régnait sur son monde en honorant les dieux. Il avait un corps de taureau et la tête et les bras d'un robuste guerrier. Il était si pieux que Brahmâ*, le dieu principal, touché par tant de dévotion, lui avait accordé un immense privilège : ne

jamais être vaincu, ni par un Deva, ni par un homme. Avec lui, Shumbha et Nishumbha, deux frères Asuras, étaient aussi devenus invincibles.

Grave erreur !

Un jour, Mahîshâsura, secondé de ses deux alliés, fomenta une rébellion contre les dieux. Pour la première fois, l'univers résonnait de fureur et de haine. En dépit de leurs efforts, les Devas ne parvenaient pas à vaincre les dangereux Asuras. Il s'écoula des siècles de combats avant qu'ils se décident enfin à solliciter l'aide de Brahmâ, Vishnou* et Shiva*, les dieux les plus redoutables.

— Nous ne pouvons rien faire, répliqua Brahmâ, en affichant une mine triste. Quand bien même nous tuerions les Asuras à mesure qu'ils sont en âge de combattre, Mahîshâsura, Shumbha et Nishumbha continueront de faire la guerre. À cause de cette faveur que je leur ai accordée jadis, aucun allié humain ou divin ne pourra les arrêter.

— Mais aucun démon n'est disposé à négocier, se plaignirent les autres Devas. Devrons-nous les combattre jusqu'à la fin des temps ?

— Hélas, sans doute, conclut Vishnou avec une moue affligée, ou jusqu'à ce qu'ils nous éliminent après avoir détruit le monde.

Les dieux guerriers, fatigués, sales, couverts de sang, se tournèrent alors vers Shiva. Celui-ci, comme à son habitude, méditait, assis dans la position du lotus.

— Seigneur Shiva, entamèrent-ils de concert, toi qui disposes du pouvoir de destruction, aide-nous. Use de ta force implacable pour mettre fin aux ambitions des Asuras.

— Je n'y peux pas plus que vous, répondit Shiva, en ouvrant un œil. Nous avons manqué de prudence et de clairvoyance en accordant aux trois meneurs de la rébellion de ne jamais être vaincus par un homme ou par un dieu. Il nous faut désormais composer avec cette erreur.

Silencieux depuis un moment, Brahmâ sembla soudain se ressaisir. Il caressa sa barbe et dit :

— Il y a peut-être une solution.

Tous les Devas l'entourèrent… même Shiva qui ouvrit grand les yeux pour sortir de sa méditation et l'écouter.

— Puisque ni un dieu ni un homme ne peut vaincre les Asuras, pourquoi une femme ne pourrait-elle le faire ?

2

DURGA

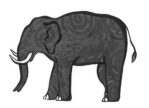

Brahmâ, Vishnou et Shiva conjuguèrent leurs forces mentales. Une terrible tempête s'éleva. Des éclairs zébrèrent entre les étoiles, des galaxies entières s'effondrèrent pour se fondre en un seul bloc. Jamais les trois dieux n'avaient créé pareil bouillonnement. Masse d'énergie pure, hyper-nova, univers dans l'univers, tous les superlatifs étaient bons pour qualifier leur dernière œuvre. Quand les particules énergétiques retombèrent, animées de la vie de Brahmâ, de l'esprit de Vishnou et de la force de Shiva, devant le regard étourdi des dieux, se tenait la plus belle femme qu'ils aient jamais vue.

Elle s'appelait Durga*.

14

— Mahîshâsura, je l'ai vue, de mes yeux vue, et je te jure que, depuis la nuit des temps, jamais une telle beauté n'a existé.

Shumbha avait parlé d'un seul trait, comme celui qui viendrait de courir et aurait peur de manquer de souffle. Sa nervosité se devinait dans ses gestes saccadés, dans les tics qui secouaient son visage. Il clignait aussi des paupières, car il venait de pénétrer dans la grande tente et ses yeux n'étaient pas encore habitués à la semi-pénombre.

Mahîshâsura torsadait sa barbe d'un doigt tandis que sa queue, d'un mouvement distrait, battait contre son flanc de taureau. Entre ses lèvres émergeaient deux crocs démesurés, suintants de salive. Ses larges pavillons d'oreille changeaient d'orientation, comme si le démon s'efforçait de capter le moindre son autour de lui. Vers le ciel, en un symbole supplémentaire de défi, piquait la pointe acérée de ses cornes.

— Et tu dis qu'elle massacre les Asuras qui la combattent?

Ce fut au tour de Nishumbha de répliquer :

— Elle possède le trident de Shiva, le nœud coulant et le disque de Vishnou, la foudre d'Indra, et elle chevauche un lion géant que lui a offert Himalaya, le dieu des montagnes. Mahîshâsura, que peut-elle contre nous ?

Le prince des Asuras eut un geste d'impatience, tandis qu'il se remettait sur pied et repoussait les deux frères près de lui. Ses sabots écrasaient les fibres délicates du tapis qui masquait l'humidité du sol de la tente. Il dit :

— Que croyez-vous qu'elle puisse faire, peureux que vous êtes ? Elle aura beau tuer autant de nos guerriers qu'elle le voudra, nul ne peut rien contre nous !

— Mais elle n'est ni un dieu ni un homme, insista Shumbha qui tremblait. Notre invincibilité est sans effet sur elle.

Furieux, Mahîshâsura se retourna et, d'un violent revers de la main, frappa

Shumbha au visage. Étourdi, l'Asura tomba sur le sol. Son frère se précipita pour l'aider à se relever, mais n'osa pas défier Mahîshâsura dont les yeux brûlaient de colère.

— Pitoyable guerrier ! Voilà ce que tu mérites de trembler ainsi devant une femme. Le jour où nous aurons vaincu les dieux et régnerons sur l'univers, tu pourras toujours prendre la place des dames puisque tu admires et crains leur force.

À cet instant, un capitaine de la garde se présenta, mais il resta figé en apercevant son maître se quereller avec les redoutables frères.

— Eh bien ? Qu'y a-t-il ? gronda Mahîshâsura en l'apercevant.

— Pardonne mon intrusion, Seigneur, mais je crois que tu devrais venir immédiate-ment à la limite du camp.

— Pourquoi ?

L'officier déglutit avant de répondre :

— Il y a là une femme, Seigneur… une femme incroyable, montée sur un lion. Elle vient de détruire à elle seule tout l'escadron qui gardait l'entrée du campement. Si tu ne viens pas user de ta puissance pour l'arrêter, nos forces entières s'évanouiront sous ses pieds.

Le cœur de Mahîshâsura s'arrêta de battre. Devant lui se tenait la femme la plus extraordinaire que ses yeux de démon aient jamais contemplée.

Durga avait une épaisse chevelure noire et ondulée qui encadrait son visage aux traits parfaits, sculptés par Shiva. Ses yeux recréaient la forme délicate des fleurs de lotus. Sa peau affichait un doux moiré de cuivre, que mettaient en valeur ses bijoux d'or et de perles. Des pierres précieuses brillaient sur son diadème et ses bracelets. Durga agitait ses huit bras en mouvements lents et gracieux, même quand elle manipulait le trident de Shiva ou le disque de Vishnou ou la foudre d'Indra, les armes les plus terrifiantes qu'il eût été donné aux démons d'affronter.

Droite et fière, telle une reine sur son destrier, elle montait un lion géant, splendide, aux muscles saillants.

— Je suis la shakti* de Shiva, affirma-t-elle de la voix la plus mélodieuse qu'il soit possible d'entendre. Je suis l'énergie du dieu de la destruction, son essence vitale. Jamais vous n'avez affronté une ennemie de ma sorte. Je suis la violence pure, faite femme. Je vous détruirai tous.

Mahîshâsura demeurait muet, non pas devant l'ampleur de la menace, mais devant la splendeur de cette femme.

— Devi* Durga, parvint-il enfin à articuler,

pourquoi nous opposer l'un à l'autre ? Pourquoi ne pas m'épouser et former, avec moi, un couple invincible qui régnera sur l'univers ?

Même lorsqu'il se voulait méchant et sardonique, le rire de Durga demeurait doux comme une bouchée de miel.

— Moi ? Me lier à toi ? lança-t-elle. Regarde-toi : tu es laid, difforme, bardé d'attributs grotesques et d'un corps de taureau. Si tu veux m'épouser, tu devras m'y contraindre ; il te faudra me vaincre.

Foudroyé par l'amour, le prince des Asuras perdit ses moyens. Devant l'indifférence et l'ironie de la Devi, la colère et la frustration fusèrent en lui en un mélange acide qui lui rongeait le cœur.

— Si je parviens à démontrer que je suis plus puissant que toi, accepteras-tu de m'épouser ?

— Pauvre fou, ricana Durga. Même secondé par tous les démons de l'univers, tu ne seras jamais assez fort pour maîtriser le pouvoir qui m'anime. Tes légions d'Asuras sont déjà décimées par mes attaques précédentes. Crois-tu vraiment parvenir à échapper à ma violence ?

— Accepteras-tu ? répéta Mahîshâsura, en retrouvant son attitude altière et tyrannique.

Calquant ses manières arrogantes, la Devi répondit :

— Si tu parviens à me dominer, prince des Asuras, je deviendrai ton épouse.

Mahîshâsura se tourna vers les frères Shumbha et Nishumbha. Ses crocs agités de désir, il ordonna :

— Réduisez-la à l'état d'esclave !

3

RAKTABIJA

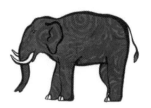

Lorsque Shumbha fonça sur Durga, il brandissait un sabre noir de sang séché. La déesse fit un pas de côté et évita la lame de justesse. Elle avait été surprise par la vitesse à laquelle l'Asura avait obéi à l'ordre de son maître. Toutefois, se reprenant vivement, elle para la seconde attaque de son bouclier tandis que, de l'épée, elle bloquait le glaive de Nishumbha. Les deux frères s'acharnaient maintenant à la combattre avec toute l'énergie possible, mais la Devi ne semblait pas même s'essouffler.

Fasciné, Mahîshâsura observait le combat, s'émerveillant des réflexes de Durga, de la force de ses frappes, de l'intelligence de ses bottes. Puis, estomaqué, il la vit bander son arc d'une flèche et, d'une troisième main, manier la foudre d'Indra pour charger les deux démons en même temps. Shumbha et Nishumbha, terrassés par une femme, s'effondrèrent, l'un, le front transpercé d'une flèche en or, l'autre, brûlé par la foudre qui le consumait.

Pour la première fois, Mahîshâsura sentit la peur l'envahir. Si cette déesse possédait réellement le pouvoir de l'anéantir, non seulement il ne l'épouserait jamais, mais de plus, il ne régnerait jamais sur l'univers. Profitant du fait qu'un nouvel escadron de guerriers Asuras se lançait dans la bataille, il s'enfuit.

Lorsque Durga eut vaincu le dernier guerrier monté à l'assaut, elle s'assura que plus aucun démon ne menaçait l'univers, hormis Mahîshâsura. Elle parcourut les moindres recoins de la Création, massacrant encore, ici et là, un survivant, un blessé, un monstre qui pouvait, tôt ou tard, menacer le monde. Puis, elle retrouva Mahîshâsura. Retranché sur la Terre, bardé de toutes ses armes, il l'attendait.

— Alors, belle déesse ? lança-t-il avec arrogance. As-tu changé d'avis ? Acceptes-tu de m'épouser et de régner sur l'univers avec moi ? Ou préfères-tu mourir dans un combat que tu ne peux gagner ?

Durga demeura interdite pendant un moment devant l'aplomb du prince des Asuras. Que s'était-il passé depuis qu'il avait fui pour afficher soudain autant de confiance en ses moyens ? Cette attitude cachait une traîtrise à coup sûr.

— Tous tes démons sont morts, prince, lança la Devi de sa voix à la fois forte et étrangement douce. À toi de choisir ! Ou te soumettre à l'autorité des Devas ou mourir de ma main.

— Pas tous mes démons, Devi Durga ! répondit Mahîshâsura. Tu as négligé de visiter les Enfers où séjournait mon ami, que voici.

Sur ses mots, Mahîshâsura fit un pas de côté pour dévoiler, dissimulé derrière son large corps de taureau, la silhouette d'un monstre horrible.

— Raktabija !

Quand la créature se mit debout, Durga ne put s'empêcher de déglutir. Raktabija ! Si laid et si méchant que son nom seul faisait trembler les étoiles dans le ciel. Son visage rappelait celui d'un porc avec son groin et ses yeux sans intelligence. Ses cheveux brillaient de la fiente de chien dont ils étaient enduits ; sa peau était crevassée de furoncles et de plaies. Il puait les excréments, le rance et la mort.

Apercevant l'expression alarmée de Durga, Mahîshâsura ressentit une satisfaction comme il n'en avait pas connu depuis des mois. Il découvrit ses crocs sur un sourire mauvais et déclara d'un ton réjoui :

— Raktabija aussi bénéficie d'un extraordinaire privilège offert par Brahmâ, le dieu imprudent.

— Je ne suis ni dieu ni homme, répliqua Durga en reprenant contenance. Je le vaincrai comme j'ai vaincu les autres Asuras, comme j'ai vaincu Shumbha et Nishumbha. Je le vaincrai comme je te vaincrai.

— Tu n'as rien compris, Devi, rétorqua Raktabija à la place de Mahîshâsura.

Sa voix était grinçante comme l'ongle que l'on fait glisser sur l'ardoise. Durga recula, surprise par l'haleine putride du monstre.

— Je ne possède pas le même privilège que celui accordé à Mahîshâsura, Shumbha et Nishumbha. Le mien est beaucoup plus… terrifiant.

— Et quel est-il ? demanda Durga, de moins en moins sûre d'elle.

Le démon éclata d'un rire si fort, dégagea une haleine si fétide, que toutes les créatures terrestres s'enfuirent se cacher. Durga elle-même ne put s'empêcher de plisser le nez.

— Tu le découvriras bien assez tôt, répondit Raktabija en reprenant son souffle.

Puis, le sabre brandi au-dessus de sa tête, il fonça sur la Devi.

4

CLONES

Durga ne mit pas longtemps à découvrir de quel terrible privilège avait hérité Raktabija. Aussitôt après avoir paré l'assaut avec son bouclier, lorsqu'elle contre-attaqua d'un coup de lance, elle comprit.

Tout d'abord, Raktabija, transpercé en plein cœur, poussa un cri horrible et s'écroula au sol. Sa blessure se mit à saigner, lentement au début, puis dans un flot de plus en plus dense. Dès qu'une goutte de sang touchait le sol, un autre démon, en tout point pareil au premier, surgissait de terre, prêt au combat. En quelques secondes à peine, des milliers de clones de Raktabija, aussi puants, aussi puissants que leur modèle, attaquèrent Durga de tous les côtés.

Rapidement débordée, la Devi souffla

dans une conque et appela les dieux à son secours. Des nuées de Devas accoururent aussitôt et se lancèrent dans la bataille. Mais cela ne fit qu'empirer la menace, car plus l'on tuait de clones, plus de sang se répandait sur le sol, et plus de clones encore venaient renforcer les effectifs des Asuras. La guerre semblait maintenant perdue pour les Devas.

Entendant le rire de Mahîshâsura qui se répercutait en échos infinis et moqueurs, Durga fut envahie d'une colère comme elle n'en avait jamais connu. Bondissant par-dessus les créatures qui lui barraient la route, elle rejoignit le démon et l'attaqua sans sommation. Le prince des Asuras n'eut pas le temps d'appeler les clones de Raktabija à l'aide. Le trident de la Devi lui perfora le cœur, une flèche lui pénétra le front, le nœud coulant l'étrangla et, finalement, le sabre lui trancha la tête.

— Victoire ! hurla Durga en piquant le

crâne du prince au bout de sa lame. Armée de Raktabija, voyez votre maître qui a cessé de vivre. Arrêtez cette tuerie et prêtez allégeance aux Devas !

Tous les Raktabija se mirent à rire en même temps. De toute la surface du monde, de chaque bouche, sur un ton identique et dans un ensemble parfait, ils répondirent :

— Que nous importe ce prince sans tête et sans trône ! Nous saurons bien conquérir pour nous, pour notre propre gloire et notre propre règne, cet univers créé par les dieux afin de le détruire et de le rebâtir à notre satisfaction.

Avec une énergie renouvelée, ils reprirent le combat, pourfendant les dieux, se laissant pourfendre également, saignant abondamment, et devenant ainsi, à chaque seconde, toujours plus nombreux, toujours plus invincibles.

Durga s'empressa alors de réunir autour d'elle un conseil de plusieurs Devas.

— Le temps nous est compté, dit-elle. Il faut vite aviser la Trimurti*, Brahmâ, Vishnou et Shiva, que nous avons besoin d'eux dans ce nouvel et ultime engagement. Shiva, surtout, puisqu'il est le dieu de la destruction.

— Mais toi, Devi, demanda l'un des combattants. Que feras-tu ?

— Que puis-je faire d'autre que guerroyer ! N'est-ce pas pour cette tâche qu'on m'a tirée du néant ?

Elle eut un geste d'impatience qui ressemblait aussi à un signe de résignation. Elle ajouta :

— Allez ! Le temps presse. Combien de temps nous reste-t-il avant que nous soyons submergés par les démons à combattre ?

5

KALI

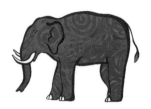

Brahmâ hochait lentement la tête pour signifier son impuissance. Vishnou haussa les épaules. Au fond du temple, dans la pénombre d'une niche creusée dans le mur principal, on distinguait la peau bleue de Shiva qui méditait.

— Plus nous en abattrons et plus nous verserons le sang, répéta Brahmâ d'un ton las.

— Plus nous verserons le sang et plus naîtront de démons, renchérit Vishnou.

— Et plus naîtront de démons, plus nous en abattrons, redit Brahmâ.

— Et plus nous en abattrons, plus nous verserons le sang, serina Vishnou.

— Et plus nous…

— Mais il doit bien exister une solution !

coupa l'un des Devas combattants avec une impolitesse frisant l'outrage. Qu'en pense Shiva ? En tant que dieu de la destruction, il doit connaître un moyen de détruire Raktabija.

De nouveau, Brahmâ hocha la tête et Vishnou haussa les épaules. En chœur, ils répondirent :

— Nous avons déjà essayé de le tirer de son recueillement.

— Sa concentration est trop forte, précisa Vishnou. Nous n'arrivons pas à obtenir son attention.

Le guerrier allait répliquer quand apparut Parvati*, épouse et shakti de Shiva. Tous les dieux inclinèrent la tête pour la saluer. C'était une femme magnifique, aux traits doux, à la démarche gracieuse, aux gestes exquis. Elle rendit leur salut aux Devas, puis s'adressa à eux en leur confiant :

— J'ai tout entendu de la pièce voisine. En tant que shakti, c'est-à-dire détentrice de l'énergie vitale de mon époux, je contrôle sa faculté de destruction. Déjà, la Devi Durga est l'une de mes manifestations, une émanation de mon pouvoir. Durga est moi, en quelque sorte. Je suis en mesure de vous venir en aide.

— Gracieuse déesse, émit l'un des guerriers en s'inclinant avec encore plus de respect, sans vouloir t'offenser, nous imaginons difficilement que tu puisses nous porter secours, toi, dotée de douceur, de bonté et de raffinement. Ce dont nous avons besoin est d'un tueur — ou d'une tueuse — vigoureux, doté de tous les pouvoirs de ton époux. Et encore, nous ignorons si cela suffira à contenir les millions de démons auxquels nous faisons face actuellement.

Parvati posa les yeux sur chaque dieu avec une extrême bienveillance avant de répliquer :

— C'est parce que vous ne vous fiez qu'à mon apparence. En tant que Parvati, je suis la

manifestation douce de ma condition de shakti. Toutefois, j'incarne aussi la destruction!

Les Devas échangèrent un regard
circonspect. Si aucun ne répliqua, c'était
davantage par politesse et considération que
par assentiment. Parvati, d'une démarche
qui ressemblait à un mouvement de danse,
se dirigea vers la niche où Shiva, son époux,
méditait dans la position du lotus.

— J'incarne la destruction, répéta Parvati
en se retournant de nouveau face aux dieux.
Je suis…

Un éclair fusa de son dos tandis qu'un
vent soudain, venu de nulle part, agita le
tissu de son sari*, repoussant sa longue
chevelure. Un nuage de fumée enveloppa la
déesse dans ses volutes brumeuses. Le tonnerre résonna à plusieurs reprises, chaque
fois que la foudre perçait le nuage de
ramilles lumineuses. Les dieux placèrent
une main sur leur nez, car les parfums
enchanteurs de Parvati se muaient en odeurs

fortes de sueur et de sang, de poussière et de mort.

Dans une ultime explosion, le nuage se dissipa. La femme qui apparut alors provoqua un pas de recul chez les Devas. Vêtue d'un simple pagne blanc et d'une écharpe jaune, on discernait sans peine sa peau d'un noir pourpre, comme le sang séché, et sa poitrine aux seins lourds et flasques. Cheveux hérissés, yeux de braise, nez d'aigle, bouche édentée, huit bras aux muscles émaciés, armés des attributs les plus meurtriers, la femme qui se tenait devant les Devas n'avait plus rien de commun avec Parvati, la déesse magnifique.

— Je suis Kali*! lança-t-elle d'une voix qui ressemblait à un coup de tonnerre.

Certains dieux pleuraient de peur, mais aussi d'espoir. D'autres restèrent pétrifiés. Seuls Brahmâ et Vishnou semblèrent accueillir la nouvelle venue avec calme. La voix de tonnerre gronda de nouveau :

— Je suis la Déesse noire !

Avant que les Devas ne reviennent tout à fait de leur surprise, Kali sauta par la fenêtre du temple. En enjambées démesurées, elle courait en direction de la Terre et des champs de bataille.

Lorsque Durga vit arriver Kali devant elle, elle ne se tint plus de joie. Enfin, une alliée à sa mesure ! Une autre manifestation d'elle-même, une autre expression de la Destruction. Tout le pouvoir venu de Shiva, de la source de sa toute-puissance, enfin réuni en ces deux femmes extraordinaires.

— Kali ! Ma presque sœur, mon autre moi-même, ma jumelle en force et en valeur.

Heureuses de se retrouver, les deux guerrières se jetèrent dans les bras l'une de l'autre, entremêlant leurs différences : la beauté et la grâce de la première, la hideur et la grossièreté de la seconde.

— Je sais tout de ce qui te préoccupe, dit Kali à Durga. Je sais comment combattre et annihiler ces monstres, et rayer Raktabija de l'univers.

— En ce cas, fais vite, l'enjoignit Durga en remontant sur son lion de combat. Vois les dieux, là-bas, qui n'en peuvent plus de faire face à des milliers de nouveaux ennemis chaque fois qu'ils en abattent un.

— C'est parfait ainsi, répliqua Kali, mystérieuse. Qu'ils poursuivent la bataille de la sorte et toi, prête-leur main-forte. Que tous ces démons tombent et saignent s'ils le veulent ainsi.

— Que feras-tu? demanda Durga, intriguée.

— Je boirai leur sang avant qu'il n'imprègne le sol et ne donne naissance à leurs clones, répondit Kali. Regarde plutôt.

Ses huit mains ouvertes formant un demi-cercle de chaque côté d'elle, la Déesse noire ouvrit sa bouche édentée, exposant ses gencives pourpres. Ses mâchoires s'écartèrent, et s'écartèrent encore. Sa langue d'un rouge vif émergea et se mit à descendre, d'abord sur son menton, puis sur sa gorge, sa poitrine, son ventre, ses cuisses, en un long mouvement serpentin qui s'accélérait à chaque seconde. Bientôt, l'organe démesuré couvrit tout le champ de bataille, ondulant entre les cadavres, rampant sur le sol, glissant sous les pieds des combattants, s'accaparant de toute la Terre.

Durga poussa un extraordinaire cri de triomphe : elle avait compris. Elle bondit au cœur de la bataille. Arc, flèches, glaive, javelot, disque, foudre, trident brandis, elle se mit à pourfendre les milliers de Raktabija qui se pressaient autour d'elle. Transpercés, découpés, massacrés, les Asuras mouraient les uns après les autres, sans plus se régénérer, sans plus se reproduire, car leur sang coulait sur la langue de Kali qui le buvait au fur et à mesure.

L'armée des Devas avait retrouvé son entrain et sa vigueur et pourfendait les monstres avec une fougue renouvelée. Maintenant, ils entrevoyaient une issue à leur combat. Ils recommençaient même à croire à leur victoire.

Ils avaient tort !

6

DANSE

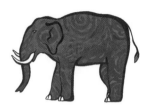

À force de boire le sang pourri de Raktabija, Kali commença à sentir les nausées l'envahir. Puis, peu à peu, les étourdissements la prirent.

— Par la Mort! jura-t-elle. Je suis en train de m'empoisonner.

Tombant à genoux, elle s'efforça de crier à Durga de lui venir en aide, mais n'en trouva plus la force. Ce n'est que lorsque de nouveaux clones se mirent à surgir du sol que Durga comprit que quelque chose clochait. Elle courut retrouver son alliée pour la découvrir sur le sol, quasi-inconsciente.

— Kali! Par tous les dieux! Reviens à toi! Les clones de Raktabija reprennent le dessus.

La Déesse noire souleva les paupières.

Bien que faible, son esprit restait lucide. Dans un ultime effort, elle se releva sur un coude et murmura :

— J'ai une idée. Notre dernière chance.

En gestes lents et laborieux, Kali mêla de la terre à sa sueur et moula deux hommes. Deux géants, aux épaules larges comme une montagne, aux biceps hypertrophiés, à la poitrine surdéveloppée. Durga fronça les sourcils. À quoi ces deux êtres, fussent-ils plus forts que n'importe quel dieu, pouvaient-ils leur servir ?

Trop faible pour perdre son souffle en vaines explications, Kali remit à chacun des géants, un pan de son écharpe jaune. Avant de perdre conscience, elle murmura simplement :

— Allez, mes thugs* ! Prenez la place des dieux et combattez les Asuras avec ces roumal*. Ne versez pas le sang ! Étranglez vos victimes !

Sans un mot, totalement dévoués à leur maîtresse, les deux géants bondirent dans la

mêlée. S'interposant entre les Devas et les Asuras, avec une force et une rapidité impossibles à contenir, ils prirent le contrôle du champ de bataille. L'un après l'autre, et souvent plusieurs à la fois, les clones de Raktabija se trouvaient pris au piège des roumal, agonisaient en d'atroces grimaces, yeux exorbités, langue sortie, lèvres écumantes, puis s'effondraient, sans vie.

Le combat dura encore longtemps, des siècles sans doute, car il y avait tant de clones à renverser. Enfin, lors d'un crépuscule particulièrement rouge, le dernier Raktabija s'effondra, mettant ainsi fin au conflit qui avait opposé les dieux aux démons.

Mais tant de force, de mal et de haine avaient été répandus pendant le temps infini qu'avait duré le conflit, que la mort du dernier Asura ne signifiait pas pour autant que l'univers fut sauvé.

Lorsque Kali revint à elle à la fin des combats, son sang était encore infecté du poison de Raktabija. La Devi était aussi saoule qu'un ivrogne au cours d'une beuverie. Elle se releva péniblement puis, apercevant les cadavres qui jonchaient le sol jusqu'aux quatre horizons, elle se mit à cabrioler de plaisir. Avec son sabre, elle coupa la tête à plus de cinquante démons et se fit un collier de leur crâne. Kali s'en para en riant sous la moue dégoûtée de Durga qui ne disait rien.

Puis, autour de son pagne, la Déesse noire noua une ceinture faite de bras coupés. Ainsi attifée, telle une diablesse symbolisant mort, destruction et dépravation, elle amorça une danse frénétique. De plus en plus inquiète, Durga nota que les pas de Kali augmentaient en rythme et en force. Bientôt, Kali devint si déchaînée, que la terre trembla, plus fort à chaque minute, déclenchant des cataclysmes qui, non seulement menaçaient l'équilibre du monde, mais détruisaient la création aussi sûrement que l'eurent fait les démons.

7

SHIVA

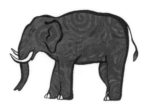

— Qui trouble ainsi notre sérénité ? demanda Shiva qui sortait enfin de sa méditation.

— Il s'agit de Kali, ta shakti, répondit un Dieu inférieur. Par sa danse effrénée, elle est en train de détruire l'univers.

Shiva s'ébroua aussitôt. Les murs du temple, déjà, étaient secoués par d'intenses tremblements de terre. Des vallées s'ouvraient sur des gouffres, les rivières changeaient de lits, les océans se déversaient dans les plaines… Des milliers de volcans surgissaient en vomissant le feu et la fumée âcre de leur ventre.

— En ce cas, souffla le Deva bleu, il n'y a pas de temps à perdre. Kali dispose de trop de puissance pour la laisser agir sans intervenir.

Accompagné de tous les dieux, Shiva arriva sur terre. Il y fut accueilli par Durga au comble de la panique.

— Toi ! s'écria-t-elle en l'apercevant. Enfin. Vite ! Fais quelque chose. Kali ne m'écoute pas. Elle ne semble rien entendre. Sa danse est devenue plus destructrice que les actions de tous les Asuras réunis.

Enjambant les cataclysmes, Shiva s'approcha de la Devi en transe pour la prendre par les épaules. L'horrible collier de crânes renvoyait une musique lugubre d'os qui s'entrechoquent. La ceinture de bras coupés ressemblait à une foule qui bat la mesure.

— Kali ! ordonna Shiva. Kali ! Arrête-toi !

Mais, sourde à ses appels, victime du poison qui coulait dans ses veines, la Déesse noire poursuivait son ballet démoniaque, réduisant à chaque seconde la surface de la terre, tuant les humains minuscules qui tombaient par milliers. La force des bras de

Shiva ne suffisait pas à retenir sa shakti. Ne trouvant plus d'autres solutions que de sacrifier sa propre existence, Shiva se jeta sous les pieds de Kali, absorbant de son corps tous les coups meurtriers. Au même instant, les cataclysmes cessèrent, les volcans s'éteignirent, les vallées se refermèrent, les eaux reprirent leur lit, les montagnes, leur base. Il y avait bien encore, ici et là, un peu de fumée, le fracas de quelques montagnes qui finissaient de s'écrouler, mais le monde retrouvait peu à peu le rythme et la sérénité qu'il méritait.

Cela dura longtemps. Jusqu'à ce que Kali, son ivresse enfin dissipée, reconnut les visages autour d'elle : Durga, les guerriers Deva, Brahmâ, Vishnou...

— Shiva ! Par tout l'univers ! Mon époux !

Cessant tout mouvement, la Déesse noire venait d'identifier le corps de celui qui gisait sous ses pieds. Yeux fermés, le puissant Deva de la Destruction ne donnait plus signe de vie.

— Shiva ! Réponds-moi ! Ne me dites pas que je l'ai tué !

À genoux, Kali serrait le Dieu bleu contre sa poitrine, le berçant doucement, son collier et sa ceinture ne s'agitant plus qu'en un mouvement placide.

— Shiva, Shiva, parle-moi, suppliait-elle.

— Tiens ? Ma shakti. Tu es redevenue toi-même ?

— Shiva ! Tu... tu n'es pas mort !

Le Dieu avait entrouvert ses paupières. Serein, il sourit au rassemblement catastrophé autour de lui.

— Je suis un peu courbaturé, dit-il, mais je me sens bien.

Aidé de ses pairs, Shiva se releva avec lenteur, en prenant appui sur son trident que lui avait remis Durga. Puis, balayant l'univers du regard, il déclara d'un ton mi-amer, mi-soulagé :

— Ce fut une longue guerre, n'est-ce pas ?

— Ce fut une longue guerre, approuva Vishnou.

— Venez tous, invita Brahmâ. Il est temps de retrouver la sérénité des cieux et de laisser les humains apprendre à devenir nos égaux.

Cela se passait au début du monde, quand les dieux, épuisés, délaissèrent la terre et les hommes ; les hommes qui furent abandonnés à leur sort.

POUR EN SAVOIR DAVANTAGE

LEXIQUE

Asura : Démon.

Brahmâ : Il est le dieu créateur de l'hindouisme, le premier membre de la Trimurti, le groupe des trois dieux majeurs. Sarasvatî est sa shakti, c'est-à-dire son énergie, son épouse. Brahmâ intervient seulement de façon occasionnelle dans les affaires des dieux, et encore plus rarement dans celles des hommes. Il est représenté avec quatre têtes et quatre bras. Souvent, les bas-reliefs le représentent avec seulement trois têtes, une légende disant que Shiva lui en aurait coupé une.

Deva : Dieu.

Devi : Déesse.

Durga : Cette Devi est vénérée en tant que Déesse de la guerre. Pour certaines sectes hindoues, elle représente même la déesse suprême. Elle est née principalement de l'énergie de Shiva.

Kali : Elle est considérée comme étant la Déesse de la destruction, mais dans le sens positif du terme, c'est-à-dire, la destruction du Mal. Le culte de Kali est encore bien vivant aujourd'hui, notamment dans la province indienne du Bengale. Lors de certains rituels, pour assouvir la soif de sang de Kali, on sacrifie des animaux sur l'autel.

Parvati : Épouse de Shiva. Elle en représente l'énergie vitale : la Destruction. C'est donc par le biais de Parvati que se manifestent les forces de Durga et de Kali.

Roumal : Morceau de tissu dont se servaient les thugs pour étrangler leurs victimes.

Sari : Vêtement traditionnel porté par les femmes en Inde. Il est composé d'une longue bande de tissu d'une seule pièce. La technique pour le draper varie selon plusieurs critères (régions, castes, activités, religions…). Il se porte sur un jupon et un corsage serré laissant le ventre nu.

Shakti : Essence vitale des dieux, leur énergie. La shakti est personnifiée par l'épouse du dieu.

Shiva : Dans la Trimurti, Shiva est le destructeur. Cependant, il est considéré comme une force positive, puisque, après la destruction, survient la création régénératrice. D'ailleurs, dans les divers textes sacrés, il sauve le monde à au moins trois reprises. Shiva est donc à la fois le destructeur et le créateur. Comme dans beaucoup d'éléments de la culture hindoue, les nombreuses manifestations de Shiva ou de ses shaktis comportent des paradoxes qui forment une sorte de complémentarité.

Thugs : Serviteurs de la Déesse Kali, adeptes d'une secte hiérarchisée d'assassins dont les membres désignés étranglaient leurs victimes pour les voler. Ils se prétendaient issus des deux premiers thugs créés pour appuyer Kali dans son combat contre Raktabija. Leurs forfaits s'accomplissaient selon différents rituels. Cette secte n'existe plus aujourd'hui.

Trimurti : Regroupement des trois dieux les plus importants du panthéon hindou : Brahmâ, le Créateur, Vishnou, le Préservateur, et Shiva, le Destructeur. Il s'agit du cycle de la vie : naissance, préservation et mort.

Vishnou : Il est le deuxième dieu de la Trimurti. On l'appelle le dieu préservateur, le protecteur de la vie. Son épouse — ou shakti — est Lakshmi, la déesse de la richesse et de la bonne fortune. Vishnou est souvent venu sur la Terre en empruntant différentes formes. Chacune de ses incarnations est appelée « avatar ». On prétend même que Bouddha, créateur du bouddhisme, serait le neuvième avatar de Vishnou, un dieu hindou.

AU TEMPS DES DÉMONS,
UN MYTHE HINDOU

Les textes sacrés hindous sont parmi les plus anciens, les plus nombreux et les plus complexes de l'Histoire. Ils sont à la base, non seulement de l'hindouisme, mais aussi du bouddhisme, du jaïnisme et du sikhisme, sans parler des cultes connexes tels le shivaïsme, le vishnouisme et le tantrisme. Ils sont regroupés en plusieurs livres dont, pour ne nommer que les plus connus : les Védas, les Upanishad, les Purâna, le Mahabharata, le Râmâyana, le Bhagavadgîtâ. Leurs origines remontent à plus de 3 500 ans.

Dans la mythologie complexe qui y est enseignée, des sources différentes donnent parfois, de la même légende, des versions variées, du moins en apparence. Par exemple : Kali serait intervenue non pas à la suite d'une demande faite à Parvati, mais en émergeant des sourcils froncés de Durga. Mais puisque Durga et Kali sont deux manifestations de la même Déesse, Parvati, les différences ne sont qu'apparences.

Un petit livre comme celui que vous tenez entre vos mains n'a surtout pas l'ambition d'expliquer ces différences. Il ne peut même pas prétendre raconter véritablement le mythe fondateur, ni même le résumer. Il faut le considérer comme un divertissement ayant pour base la riche et extraordinaire culture hindoue.

L'intervention des thugs est un ajout au récit qu'une secte d'étrangleurs a diffusé comme propagande (possiblement au début du XIIIe siècle) afin de justifier ses actes criminels. La secte des thugs sacrifiait ses victimes à Kali pour les voler. Elle fut anéantie par les Britanniques à la fin du XIXe siècle.

L'Inde, d'où l'histoire que vous venez de lire est originaire, est un pays du continent asiatique. Sa superficie couvre plus de trois millions de kilomètres carrés. Délimitées par le Pakistan, l'Afghanistan, la Chine, le Népal, le Bhoutan, le Bangladesh et la Birmanie, les frontières indiennes sont longues de 15 000 kilomètres.

De grands fleuves traversent le pays dont le Gange et Brahmapoutre qui sont sacrés. Le climat du pays varie de tropical (dans le sud) à tempéré (dans le nord). En dehors de la région de l'Himalaya où des chutes de neige ponctuent les hivers, le pays est soumis aux cycles des moussons. Après la sécheresse hivernale, l'Inde subit les vents humides de la mousson d'été qui, entre juin et septembre, est responsable de la plus grande partie des précipitations.

L'Inde est une fédération d'États qui ont chacun un parlement et un gouvernement. Il y a vingt-huit États, six territoires, plus le territoire de la capitale New Delhi. L'Inde compte plus d'un milliard d'habitants. Il s'agit du deuxième pays le plus peuplé au monde (après la Chine). Mais les démographes prévoient que l'Inde deviendra le pays le plus peuplé vers 2035. Un habitant sur deux a moins de 25 ans et 70% de la population habite à la campagne. Les principales religions qui y sont pratiquées sont l'hindouisme (79,8%) et l'islam (13,7%). On trouve aussi des jaïns, des sikhs, des zoroastriens, des bouddhistes, des juifs et des chrétiens. Des religions animistes sont aussi très vivantes parmi les groupes tribaux du centre du pays.

CONTE, MYTHE OU LÉGENDE ?

Il n'est pas toujours facile de s'y retrouver avec ces trois termes. On les confond souvent, car on ne sait pas vraiment ce qui se cache derrière chacun d'eux. Tous les trois désignent **des récits et des histoires,** chers aux conteurs.

Pour essayer d'y voir plus clair, voici une brève présentation qui pourra aider à mieux reconnaître chacun de ces univers.

LE MYTHE

Dans toutes les cultures, le mythe se présente comme **un récit qui raconte les origines du monde.** Dans les temps anciens, on ne disposait pas des explications de la science. De nombreux phénomènes naturels, comme la foudre ou l'orage, la présence des étoiles ou du soleil dans le ciel, amenaient les humains à se poser des questions sur eux-mêmes. Ce sont toutes ces questions qui les ont entraînés à inventer de fabuleux récits comme autant de réponses pour essayer de comprendre le sens de leur vie. Dans ces histoires, **les dieux et les esprits de toute nature partagent avec les** humains des aventures extraordinaires. Les humains apprennent comment vivre en harmonie avec l'univers qui les entoure ainsi que les règles à respecter pour vivre en société.

Les personnages des mythes sont surhumains et disposent de pouvoirs surnaturels. Mais, tout comme les humains, ils éprouvent des émotions et des sentiments. **On dit que le mythe est un récit sacré.**

LE CONTE

Comme les mythes, les contes sont des histoires. Mais cette fois, **les humains, ayant apprivoisé leur peur du monde qui les entoure, racontent des histoires qui parlent d'eux.** Il n'y a plus de dieux ou d'êtres aux pouvoirs surnaturels ou surhumains. Dans les contes, même si l'on trouve des ogres, des géants ou des fées, ces derniers ne sont pas les plus forts.

Comme le conte concerne les humains et que les dieux en sont absents, **on dit que c'est un récit profane.**

On distingue plusieurs genres de contes. Voici les plus fréquents :
• **les contes merveilleux** ou contes de fées ;
• **les contes populaires traditionnels** qui parlent des coutumes ou des gens d'une région ;

- **les contes facétieux** qui racontent des anecdotes drôles ou des mésaventures burlesques ;
- **les contes d'animaux** dans lesquels ceux-ci tiennent le rôle principal, mais qui, souvent, servent à souligner certains défauts des humains ;
- **les contes étiologiques** qui donnent des explications sur des phénomènes naturels de façon fantaisiste ou humoristique ;
- **les contes de sagesse ou les contes initiatiques** qui invitent à réfléchir sur la vie et les actions que l'on pose ;
- **les contes fantastiques** dans lesquels se glissent des éléments étranges qui inquiètent ou étonnent ;
- **les contes ethniques** qui présentent la culture d'un pays ou d'un groupe d'humains en particulier ;
- **les contes contemporains** qui sont créés par des auteurs modernes ou qui présentent des versions actualisées de contes connus.

LA LÉGENDE

La légende repose toujours sur un fait réel : un personnage, un événement ou un lieu géographique. Mais l'histoire est racontée en exagérant les faits et en y ajoutant des éléments fabuleux et inquiétants.

(texte de Jacques Pasquet)

CAMILLE BOUCHARD : AUTEUR

Né à Forestville en 1955, Camille Bouchard écrit depuis trente ans. Après avoir publié de nombreuses nouvelles et cinq romans, c'est un voyage en Asie qui l'incite à se consacrer définitivement à la littérature. Au fil de ses périples à travers le monde, Camille Bouchard s'est abreuvé de légendes et de contes venus des autres cultures. Amoureux de l'Inde, il se passionne pour sa mythologie riche et complexe. Camille Bouchard est aujourd'hui auteur de près de quarante romans dont la plupart s'adresse aux jeunes. Il a reçu de nombreuses distinctions pour son œuvre, dont le prix du Gouverneur Général en 2005 pour *Le ricanement des hyènes* (La courte échelle).

ANNOUCHKA GALOUCHKO
ET STEPHAN DAIGLE : ILLUSTRATEURS

Montréalaise de naissance, Annouchka Galouchko est écrivaine et peintre. Son père est né en France et sa mère est québécoise. Elle a vécu une partie de son enfance et de son adolescence en Égypte, en Iran, au Mexique et en Autriche. Le style métissé de ses images est une véritable invitation au voyage. En puisant dans toutes les cultures, son art abolit les frontières. Ses illustrations lui ont valu le prestigieux prix du Gouverneur Général en 2005 et le prix international Korczak (IBBY) l'année suivante.

Son compagnon dans la vie et dans l'art, Stéphan Daigle, est, lui aussi, montréalais d'origine. Peintre et illustrateur de renommée internationale, il est un des co-fondateurs de l'Association des Illustrateurs et Illustratrices du Québec. Son art, qu'il veut transculturel, crée une synthèse visionnaire et s'abreuve à une multitude de langages ethniques et plastiques.

Le couple a créé, en 2005, les illustrations de l'album *The Birdman*, publié chez Tundra Books à Toronto, qui a mérité une nomination pour le prix du Gouverneur Général du Canada en 2006. Tout en exprimant beauté et profondeur, les créations de ces deux artistes mélangent exceptionnellement dessins, textures et couleurs dans un vibrant hommage à la beauté de la vie.

TABLE DES MATIÈRES

Titres parus dans la collection Korrigan :